KB264347

키즈아이콘은 아이들의 꿈과
생각을 키우는 신나고 재미있는
책을 만듭니다.

2022년 3월 25일 초판 1쇄 발행 | 2026년 2월 15일 초판 11쇄 발행

발행인 최종일 **발행처** (주)아이코닉스 **기획** 키즈아이콘 **판면구성** (주)비욘드에이
총괄책임 서현수 **편집책임** 박정은 **편집** 장보원 조윤수 김예진 이유진
디자인 김미선 이순영 권혜원 경희정 **제작책임** 신초희 **제작관리** 이수란 김미래 김세미
마케팅책임 김미경 **마케팅** 이창열 서연지 심동수 이경재 이미나 지승한 송호성 이지연
출판등록 2008년 11월 4일(제 2014-000009호) **주소** 경기도 성남시 분당구 판교로 255번길 64
고객센터 1566-0855 **홈페이지** www.iconix.co.kr
꼬마버스 타요 ⓒ ICONIX/EBS/SEOUL

⚠ 다칠 우려가 있으니 제품을 던지거나 밟지 마십시오.
⚠ 종이에 베이거나 긁히지 않도록 주의하시고, 특히 제품의 모서리에 다치지 않도록 주의하십시오.
※ 이 책은 독점 판권 업체인 (주)아이코닉스에 의해 제작되었으며 무단 전재와 복제를 금합니다.
※ 잘못된 제품은 구입 후 10일 이내 구입처에서 교환하여 드립니다.
※ 제품에 자체 결함이 있을 시 무상 A/S 보증 기간은 구입 후 3개월입니다. 단, 소비자의 부주의로 인한 파손이나 손해는 보상되지 않습니다.
※ 사용 중 분실된 구성품은 별도의 낱개 구입이나 교환이 불가능합니다.

꼬마버스 타요
긴급출동
꼬마 구급차 타요

120

키즈아이콘

운행을 마친 로기와 라니가 자동차 정비소에 찾아왔어요.
먼저 도착한 구급차 앨리스가 하나에게 점검을 받고 있었어요.

"앨리스, 어디 아픈 거예요?"
"아니, 오늘은 구조 장비를 점검하러 온 거야."
라니가 걱정스럽게 묻자
하나가 웃으며 대답했어요.

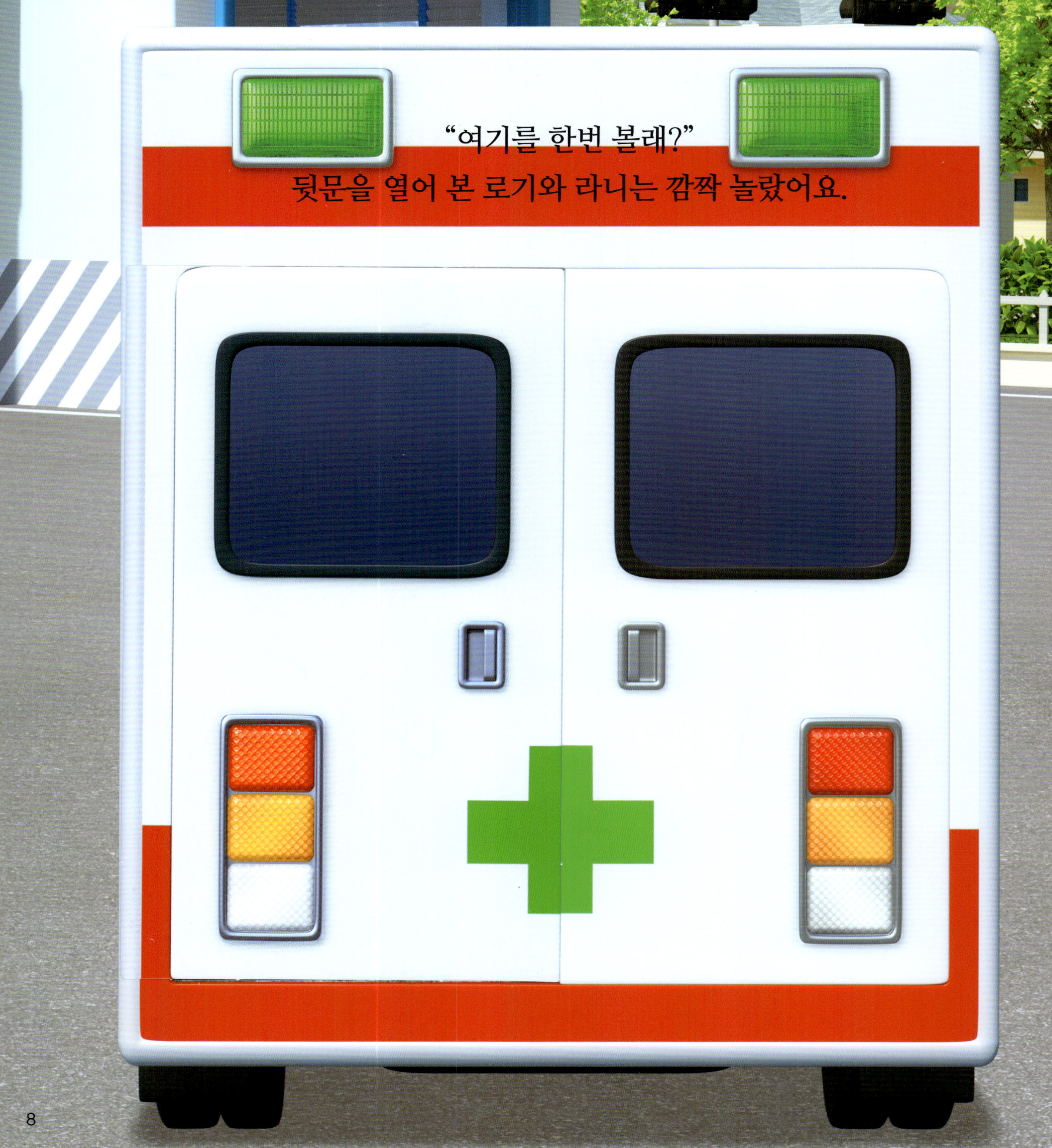
"여기를 한번 볼래?"
뒷문을 열어 본 로기와 라니는 깜짝 놀랐어요.

"위험한 상황에 처한 사람들을 위해서는 항상 준비해 둬야 하거든!"
멋지게 말하는 앨리스의 모습에 로기와 라니는 눈을 반짝였어요.

그때 운행을 나갔던 타요가
정비소로 달려왔어요.
"큰일 났어요, 하나 누나!
가니가 터널에 갇혔대요!"

놀란 하나는 발을 동동 구르며 어쩔 줄 몰라 했어요.
"뭐? 대체 어떻게 된 거야!"

그러자 앨리스가 다급히 물었어요.
"타요, 그 터널이 어딘지 알려 줄래?"

"도심에 있는 터널이라고 했어요.
저를 따라오세요!"
앨리스는 사이렌을 울리며
타요와 함께 출발했어요.

"도심 터널에서 사고가 발생했대! 모두 그쪽으로 출동해 줘!"
앨리스는 급히 긴급출동센터에 무전을 쳐서 도움을 요청했어요.

4.5m
POLICE

터널 앞에 도착한 타요는 깜짝 놀랐어요.
무너져 내린 돌로 터널 입구가 완전히 막혀 있었기 때문이에요.
"터널 안에 자동차들과 사람들이 갇혀 있어."
먼저 주변을 살펴본 패트와 루키가 사고 상황을 설명해 주었어요.

타요는 터널 안에 갇힌 가니가
걱정이 되어 연락을 해 보았어요.
"가니! 괜찮아?"
120
터널 속 가니의 목소리가
치직치직 들려왔어요.
"응, 난 괜찮아.
그런데 너무 깜깜해서
아무것도 안 보여!"
1339

"가니, 지금 승객이 몇 명이나 있니?"
앨리스가 묻자 가니는 승객의 수를
하나둘 헤아려 보았어요.

"1, 2, 3, 4, 5, 6! 모두 여섯 명이에요. 다들 많이 놀란 것 같아요."
가니는 터널에 갇힌 승객들을 걱정했어요.

가니의 말을 들은 앨리스가 심각한 얼굴로 말했어요.
"어서 구하지 않으면 산소가 부족해서
모두가 위험해질 거야."

그때 뒤쪽에서 우렁찬 목소리가 들려왔어요.
"저희에게 맡기고 모두 물러서세요!"
중장비 빌리와 포코가 루키의 연락을 받고 사고 현장으로 달려왔어요.

포코와 빌리는 삽으로 터널 앞에 가득 쌓인 돌을 치웠어요.
"영차, 영차, 어서 치우자고!"

돌무더기를 걷어 내자
자동차들의 모습이
조금씩 드러나기 시작했어요.

포코와 빌리 덕분에 터널 입구가 뚫리자
그제야 갇혀 있던 자동차들이 하나둘
나오기 시작했어요.

가니 역시 조심조심 터널을 빠져나왔어요.
그런데 갑자기 가니가 한쪽으로 기우뚱 기울어졌어요.
"아야! 아까 뾰족한 돌을 밟아서 타이어에 구멍이 났나 봐."

“저런, 정비소에 가 봐야겠는걸.”
견인차 토토에게 출동을 부탁한 루키는
승객들이 안전하게 내릴 수 있도록 안내했어요.
“자, 꼬마 승객부터 조심조심 내리세요.”

그때 한 승객이 가쁜 숨을
몰아쉬며 주저앉았어요.
"숨이 잘 쉬어지지 않아요."
그러자 앨리스가 재빨리 다가와
문을 열고 소리쳤어요.
"어서 여기 타세요!"

"혹시 모르니 다른 분들도
검사를 받는 게 좋겠는데……."

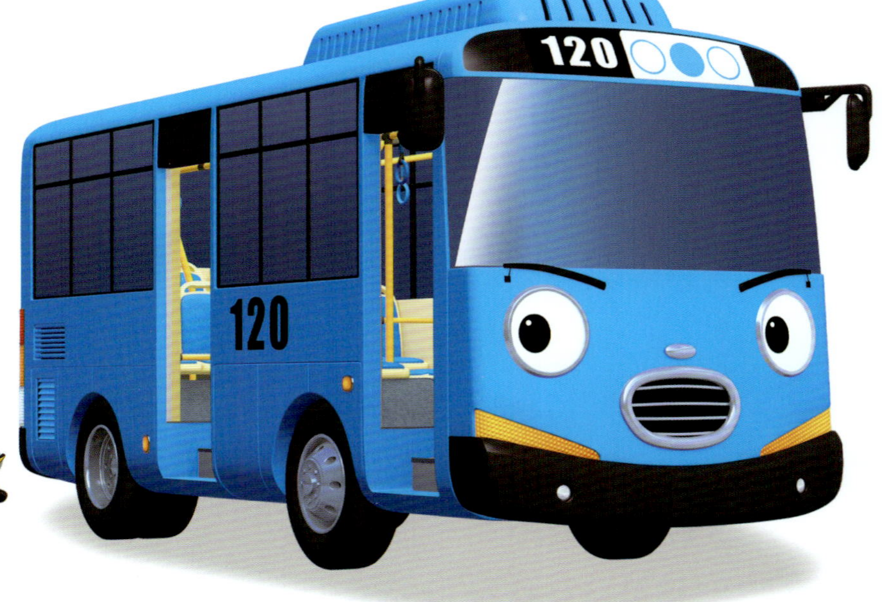

하지만 앨리스만으로는 모든 사람을
병원으로 옮기기엔 역부족이었어요.

그때 타요가 앨리스처럼
차문을 활짝 열고 외쳤어요.
"저에게 맡겨 주세요!"

"병원까지 빠르게 가려면 이게 필요할 거야."
출발하려는 타요에게 루키가 경광등을 달아 주었어요.
타요는 진짜 구급차처럼 사이렌을 우렁차게 울렸어요.

"모두 비켜 주세요! 환자를 이송하고 있습니다!"
타요는 앨리스를 따라 안전하고 신속하게 병원으로 달려갔어요.
패트, 프랭크 그리고 에어도 도로를 정리하며 함께 달렸어요.

120

병원에 도착한 사람들은 늦지 않게 검사와 치료를 받을 수 있었어요.
앨리스는 끝까지 열심히 도와준 타요를 칭찬했어요.
"모두 안전하게 잘 모셔 왔네! 수고했어, 타요!"

그러자 타요는 활짝 웃으며 말했어요.
"그럼요! 제가 가장 잘하는 일인걸요!"

그때 한 아이가 타요에게 다가와
직접 그린 그림을 선물하며 말했어요.
"오늘 정말 멋졌어. 고마워, 타요!"

아이가 그린 그림 속
타요는 긴급 출동 대원들과 함께 멋지게 달리고 있었어요.
"삐용삐용! 구급차 타요가 나가신다!"

구급차는 위급한 환자나 부상자를 태우고 병원으로 빠르게 이동하는 특수 자동차예요. 위급한 환자가 있을 때 119에 도움을 요청하면 구급차가 출동해요. 경광등을 울리며 달리는 구급차가 지나갈 때는 도로의 차들이 비켜 줘야 해요.

119 구급차

국가에서 운영하는 구급차로 119로 전화하면 소방서에서 출동해요.

왜 구급차에 119번호가 거꾸로 써 있나요?

글씨를 잘못 쓴 게 아니라 구급차 앞에 서 있는 차의 운전자가 백미러로 봤을 때는 글자가 똑바로 보이도록 한 거예요. 앞차 운전자에게 뒤에 구급차가 있다는 사실을 알려서 빨리 길을 비켜 주게 하기 위함이에요.